Central Skagit Sedro-Woolley Library
802 Ball St.
Sedro-Woolley WA 98284
Nov 2018

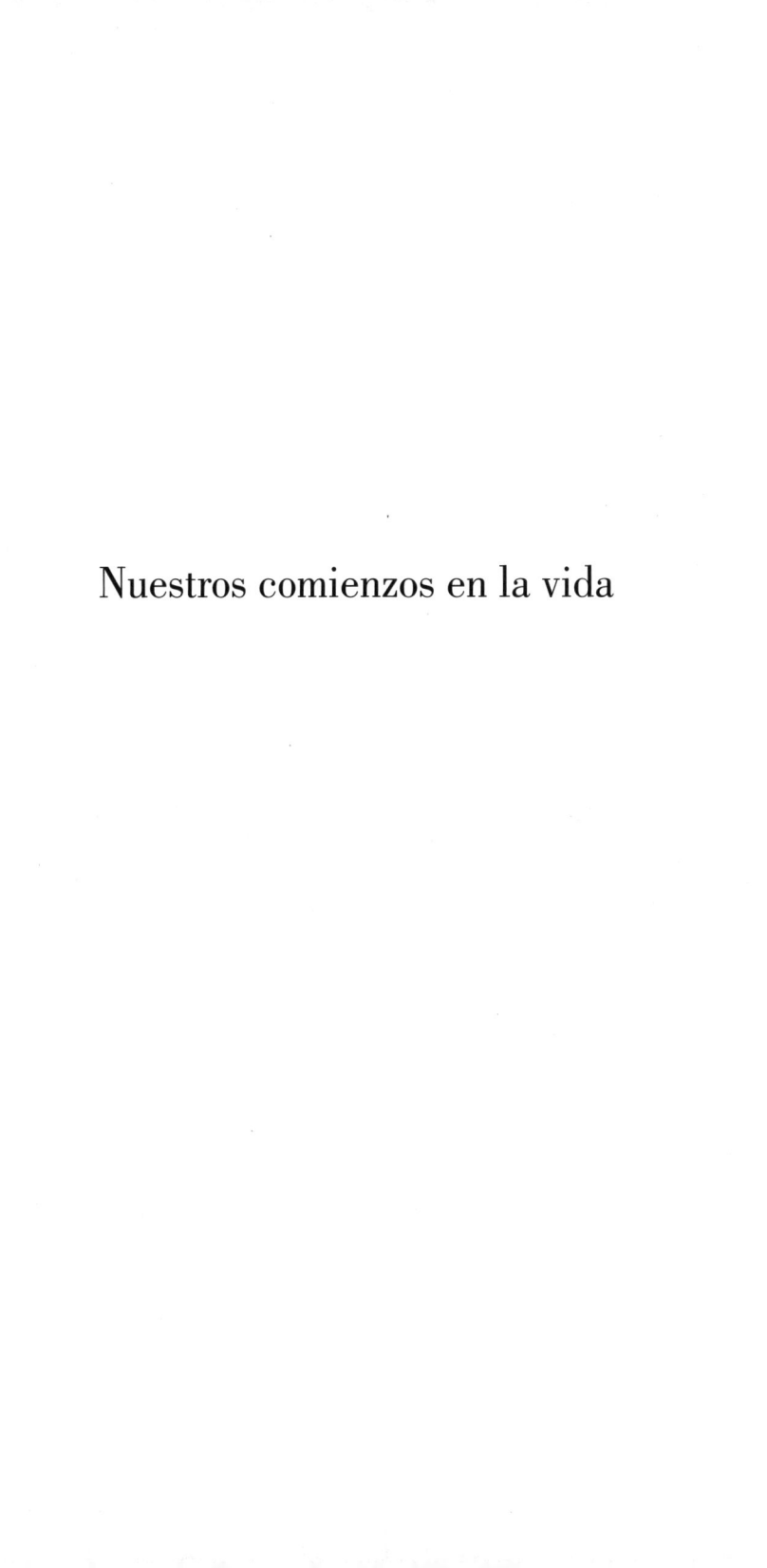

Nuestros comienzos en la vida

Patrick Modiano

Nuestros comienzos en la vida

Traducción de María Teresa Gallego Urrutia

EDITORIAL ANAGRAMA
BARCELONA

Título de la edición original:
Nos débuts dans la vie
© Éditions Gallimard
   París, 2017

Ilustración: © René Burri / Magnum Photos / Contacto (detalle)

Primera edición: junio 2018

Diseño de la colección: Julio Vivas y Estudio A

© De la traducción, María Teresa Gallego Urrutia, 2018

© EDITORIAL ANAGRAMA, S. A., 2018
   Pedró de la Creu, 58
   08034 Barcelona

ISBN: 978-84-339-8013-7
Depósito Legal: B. 11415-2018

Printed in Spain

Reinbook serveis gràfics, sl, Jonqueres, s/n, Pol. Ind. Molí de la Potassa
08208 Sabadell

DOMINIQUE	20 años
JEAN	20 años
ELVIRE	alrededor de cincuenta, su madre
CAVEUX	alrededor de cincuenta
ROBERT LE TAPIA	75 años, el regidor

Penumbra. La silueta de Jean, de espaldas. Está inmóvil.

JEAN

No quiero contar los años... Me parece que todo sigue tan vivo... No pertenece al pasado... Pero cuando pienso de nuevo en ello, noto una repentina sensación de vacío... No queda nadie con quien hablar de esto... Además, solo habría querido hablar contigo... Temo que se me hayan olvidado unos cuantos detalles... Pasado el cuartito donde estaba el regidor del teatro...

Más alto, como si se dirigiera a alguien:

Se llamaba Bob Le Tapia, ¿verdad? *(Una pausa.)* No puedes contestarme... Llevaba siempre un terno de pana negra... Después del cuartito ese, se subían unas escaleras hasta el pasillo de los camerinos... Tu camerino estaba a la derecha... Pero ya no sé si era la primera puerta o la segunda... ¿La primera puerta o la segunda? Solo tú podrías habérmelo dicho...

La luz sube poco a poco. En una esquina del escenario, la sección de un camerino de teatro. Un joven está sentado en un sofá muy bajo y pegado a la pared. En la zona del espejo y de la mesa de maquillaje, un altavoz con el que se puede seguir el ensayo que transcurre en la sala. Se trata de La gaviota *de Chéjov.*[1] *Se oye la voz de Dominique interpretando el papel de Nina.*

NINA

Mi padre y su mujer no me dejan venir a su casa... Dicen que aquí la vida es muy bohemia... Les da miedo que se me ocurra hacerme actriz.

---

1. Para el texto de Chéjov hemos recurrido en gran parte a la traducción de E. Podgursky. *(N. de la T.)*

TREPLEV

Estamos solos.

NINA

Me parece que por ahí anda alguien...

TREPLEV

Nadie.

VOZ DE SAVELSBERG, EL DIRECTOR

Y ahora os besáis.

NINA

¿Qué árbol es ese?

TREPLEV

Un olmo.

NINA

¿Por qué está tan oscuro?

VOZ DE SAVELSBERG, EL DIRECTOR

No. «¿Por qué ES tan oscuro...?»

11

TREPLEV

Porque ya anochece y, al anochecer, todas las cosas se vuelven oscuras. ¡No se vaya todavía! ¡Se lo suplico!

NINA

¡Imposible!

TREPLEV

¿Y si me fuera con usted, Nina? Me quedaría toda la noche en su jardín, mirando su ventana.

NINA

Imposible. Lo vería el guarda. Y Trésor todavía no lo conoce...

TREPLEV

¡La quiero!

VOZ DE SAVELSBERG, EL DIRECTOR

Dominique, te has saltado un trozo de frase: «... Y Trésor todavía no lo conoce y *empezaría a ladrar*.»

Venga... Está muy bien, chicos... Hacemos un descanso.

Al cabo de un instante, entra Dominique en el camerino. Se desploma en la silla que está delante de la mesa de maquillaje, como si estuviera agotada.

DOMINIQUE

Nunca lo conseguiré...

JEAN

Claro que lo conseguirás...

DOMINIQUE

Me da la impresión de que Savelsberg no está contento conmigo.

JEAN

Te equivocas... He estado oyendo el ensayo... Lo que pasa es que es un hombre muy meticuloso... Quiere que los actores den lo mejor de sí mismos...

Dominique se vuelve para mirar a Jean.

DOMINIQUE

¿Tú crees? ¿De verdad?

JEAN

Convéncete de que vale más seguir las indicaciones de Savelsberg que las de Caveux...

Junto a él, en el sofá, hay una cartera a cuya asa va unida por una cadena una manilla como la de unas esposas. Se la señala a Dominique.

¿Ves?... Aquí guardo mi manuscrito... Cuando voy de un sitio a otro, me llevo siempre la cartera, sujeta a la muñeca... Me da muchísimo miedo que Caveux encuentre el manuscrito cuando yo no esté..., igual que ocurrió la semana pasada... Es capaz de romperlo...

DOMINIQUE

Pero ¿por qué es tan severo contigo?

JEAN

Me lo he preguntado muchas veces.

DOMINIQUE

¿Se lo has dicho a tu madre?

JEAN

Siempre le da la razón. Hace diez años que viven juntos... *(Pensativo.)* Una curiosa pareja...

DOMINIQUE

Hace un rato, antes del ensayo, me he cruzado con tu madre por la calle... Me ha echado una mirada dura... Llevaba un paraguas... Me ha entrado miedo de que me diera con él en toda la cara.

JEAN

Me temo que nos la vamos a cruzar muchas veces... Qué mala suerte, hay más de cincuenta teatros en París y ha tenido que venir a trabajar en el teatro que está al lado del tuyo... Dos teatros tan cerca y tan diferentes... La prueba es que tú trabajas en *La gaviota* de Chéjov y ella en *Buen fin de semana, Gonzales...*, y te la tiene jurada por eso...

DOMINIQUE

Pero no es justo...

JEAN

Y, sin embargo, el teatro es el teatro... Y las obras que ponen pueden ser diferentes, pero siguen siendo los mismos bastidores, los mismos camerinos, el mismo terciopelo rojo, la misma angustia antes de salir al escenario... Me han dicho que hay un pasadizo secreto que une tu teatro con el otro... Espero que mi madre no esté enterada..., porque, si no, es capaz de aparecer de golpe en tu camerino para darte paraguazos...

DOMINIQUE

Y Caveux te vendrá a buscar aquí para sermonearte...

JEAN

Ya he tomado mis precauciones.

Se arrima la cartera y se coloca la manilla en la muñeca. La pulsera, al cerrarse, hace un ruido metálico. Estira el brazo y la cartera le cuelga de la muñeca.

Espero a Caveux a pie firme... La última vez, me hizo una pregunta insidiosa para saber cuántas páginas llevaba escritas... Se encogió de hombros... Tenía la cara más chupada que de costumbre mientras daba una calada a la boquilla. Sé de antemano, me dijo, que ese manuscrito es malo porque a tu edad se desconoce el oficio... y escribir es cuestión de oficio, igual que el baile clásico.

DOMINIQUE

Mi pobre Jean... ¿Y tienes que oír esas cosas?

Se levanta y va a sentarse en el sofá junto a Jean. Coge la cartera, que está colgando, y se la pone a Jean en las rodillas.

Hace un rato, durante el ensayo, se me ha ocurrido algo... Los personajes de *La gaviota* tienen cosas en común con nosotros... En la obra, la madre es actriz y la hija quiere ser escritora..., como tu madre y tú... Y Caveux, el amigo de tu madre, también es escritor, como Trigorin, el amigo de la actriz.

JEAN

Caveux no es escritor..., periodista y gracias.

17

DOMINIQUE

Y Nina, el papel que interpreto yo, es actriz..., como yo...

JEAN

Entiendo tu punto de vista... Pero en nuestro caso sería una versión un poco pobre y deslucida de *La gaviota*.

DOMINIQUE

¿Por qué «pobre y deslucida»?

JEAN

No estoy hablando de ti. Te he oído hace un rato, durante el ensayo: eres el personaje de Nina... Es cuestión de voz, de entonaciones... Tienes la voz del personaje... En lo que a mi madre se refiere, es lo opuesto a la actriz de la obra de Chéjov... Y Caveux no se parece ni pizca al escritor Trigorin...

DOMINIQUE

Pero ¿nosotros? Nosotros somos como los personajes de *La gaviota,* ¿no?

JEAN

Tú sí..., pero yo..., con esta cartera vieja y esta manilla en la muñeca... Cuando voy por la calle, la gente me mira con una cara muy rara... Y, además, no me apetece suicidarme como el joven de *La gaviota*. Tengo confianza en el futuro.

DOMINIQUE

Yo también.

JEAN

Un día ya no tendré que llevar una manilla en la muñeca para proteger mi manuscrito. Y tú no correrás el riesgo de que mi madre te pegue paraguazos por trabajar en una obra de Chéjov...

DOMINIQUE

Por mí no te preocupes. Me he visto en otras..., soy una chica de campo.

JEAN

Son cosas que deben de pasar muchas veces en la vida... Te dejas la ventana abierta... y unas cucarachas rojas aprovechan para meterse en tu cuarto..., unos abejorros muy gordos..., unas cucarachas negras..., unas aves de mal agüero... Dan vueltas a tu alrededor... Tienes que quedarte quieto con los brazos cruzados. Sobre todo no hacer ningún gesto que les llame la atención... Acabarán por irse de la habitación...

DOMINIQUE

A mí no me dan miedo ni los abejorros ni las cucarachas. Ya te digo que soy una chica de campo...

JEAN

A pesar de todo prefiero avisarte... Caveux podría presentarse en tu camerino..., hablarte de mí..., pedirte que dejes de verme... Opina que eres una pésima influencia para mí y que las mujeres son seres nocivos... No sé por qué se empeña en meterse en mi vida... ¿Con qué derecho? Si por lo menos fuera mi padre...

DOMINIQUE

Eso... Ni siquiera es tu padre...

JEAN

En cualquier caso, ten cuidado: puede ser muy agresivo...

DOMINIQUE

No le tengo miedo a nadie...

JEAN

¿Te acuerdas del día en que nos cruzamos con él en la rotonda de L'Odéon cuando salía de su sesión de gimnasia? Casi ni nos dirigió la palabra.

DOMINIQUE

Me rehuía la mirada como si tuviera miedo de que le contagiase una enfermedad venérea. Me dio una impresión muy rara. Parecía un cura renegado... o un enterrador... Pero ¿a qué vienen esas sesiones de gimnasia?

JEAN

No lo sé... Es un gimnasio muy grande del bulevar de Saint-Germain... Quiso que fuera allí y se llevó un chasco cuando me negué educadamente a participar en esos juegos... Hacen ejercicios de musculación, potro, barra fija, flexiones... Si los vieras pasarse horas de acá para allá sin que se entienda muy bien por qué... Se marea uno. Todos esos hombres allí juntos...

DOMINIQUE

¿Y tu madre? ¿Qué opina?

JEAN

Nada. Tienen una relación muy particular, Caveux y ella... Por lo que me ha parecido entender, viven en cierto modo como hermanos.

DOMINIQUE *(sin entenderlo)*

¿Como hermanos?

JEAN

Una vez los vi andando juntos por la calle. Los dos llevaban el mismo paso, igual de tiesos. Parecían dos compañeros de regimiento. O dos alpinistas de la misma cordada.

DOMINIQUE

La verdad es que tienes una familia muy rara...

JEAN

¿Tú crees que a eso se le puede llamar familia?

DOMINIQUE

Yo he roto con la mía desde que llegué a París hace tres años, a la estación de Montparnasse... *(Pausa.)* Quería pedirte una cosa... ¿Puedes ensayar conmigo el final de una escena? La que tengo que interpretar ante Savelsberg mañana por la tarde...

Coge el cuadernillo que está encima de la mesa de maquillaje y vuelve a sentarse al lado de Jean en el sofá. Hojea el cuadernillo para encontrar la escena. Están muy juntos; Jean sigue teniendo la cartera atada a la muñeca.

El final de la escena de Nina con el escritor Trigorin.

Dominique sigue hojeando el cuadernillo con el texto de la obra, abierto en las rodillas de ambos.

23

JEAN

¿Has encontrado la escena, Nina?

DOMINIQUE

Sí, la he encontrado, Konstantin Gavrilovich Treplev.

Le señala con el índice el pasaje de la obra.
Él se inclina para leer.

JEAN *(interpretando el papel de Trigorin)*

Me llaman. Será seguramente para hacer el equipaje... No tengo ningunas ganas de marcharme... ¡Qué bien se está aquí!

DOMINIQUE *(sin leer el texto)*

¿Ve usted la casa y el jardín de la otra orilla?

JEAN *(lee)*

Sí.

DOMINIQUE

Es la finca de mi difunta madre. Allí nací yo.

He pasado toda la vida junto a este lago, conozco hasta la última islita.

JEAN *(lee)*

¡Qué bien se está aquí! ¿Qué es eso?

DOMINIQUE

Una gaviota... La mató Konstantin Gavrilovich.

JEAN *(lee)*

Qué hermosa ave. De verdad que no tengo ganas de marcharme. A ver si convence a Irina Nicolaievna de que se quede.

Hace como que está tomando nota de algo.

DOMINIQUE

¿Qué escribe usted ahí?

JEAN *(lee)*

Nada. Una nota... Se me ha ocurrido de pronto un argumento... para una novela corta: una joven vive desde la infancia a la orilla de un lago, exactamente igual que usted... Esa joven ama el lago y es feliz y libre como una gaviota... Pero un día llega un hombre de modo casual, la ve y, por hacer algo, la mata..., como mataron a esta gaviota...

Según se van sucediendo las frases, baja la luz, de tal forma que, al final, se oyen en la oscuridad.

La luz vuelve poco a poco. Jean está solo en el camerino, sentado a la mesa de maquillaje, y corrige unas páginas de su manuscrito. Tiene a los pies la cartera a medio abrir. Una cadena la une a la manilla de la muñeca. La puerta del camerino se abre despacio. Aparece Caveux, vestido de oscuro y con una gorra de cuero negro como las que se llevaban en los años sesenta.

CAVEUX

¿Así que aquí pasas los días?

JEAN

Sí.

Sigue corrigiendo las páginas del manuscrito sin hacerle caso a Caveux.

CAVEUX

¿Y aquí es donde escribes?

JEAN

Sí.

CAVEUX

¿Y llevas una manilla en la muñeca?

JEAN

Va unida con una cadena a la cartera y en la cartera he metido el manuscrito. Es imposible que lo pierda y nadie me lo puede romper.

CAVEUX

Curiosa idea...

JEAN *(con voz sosegada)*

Me había dicho usted que más valía romper ese manuscrito...

CAVEUX

¿Por qué me tratas de usted?

JEAN

A veces me cuesta un poco tutear a la gente...

CAVEUX

Pienso, efectivamente, que si rompieras ese manuscrito no supondría una gran pérdida... Lo he leído por casualidad..., te lo dejaste una tarde en casa de tu madre... Bueno, pues, por desgracia, lo que había previsto se confirmó.

JEAN

Lo siento por usted.

CAVEUX

Me di cuenta de que no habías seguido mis consejos... Te había dicho varias veces que no puede uno lanzarse a un proyecto así a la ligera... La literatura requiere mucho trabajo... ¿Quieres saber lo que opino? Si fueras Proust se sabría hace mucho...

Por supuesto.

JEAN *(amablemente)*

CAVEUX

Deberías quitarte esa manilla ridícula... Ni que tu manuscrito valiera algo y hubiera que protegerlo en la caja fuerte de un banco...

JEAN *(con tono desenfadado)*

No se preocupe..., dentro de un tiempo, ya no necesitaré esta manilla que me despelleja la muñeca. Escribiré con las manos libres.

CAVEUX

¡Menudo aplomo! *(Pausa. Con tono severo y untuoso a un tiempo.)* ¿Y no te das cuenta de cuánto disgustas a tu madre? Lleva una semana ensayando y no has ido a verla ni una vez a su camerino... ¿Es que se te ha olvidado qué es una madre? Prefieres andar rondando por aquí y dejarte la salud con una actricilla sin porvenir...

Mientras habla, Jean lo mira con una amplia sonrisa.

JEAN

¿Dejarme la salud? Pero ¿a qué enfermedad se refiere? ¿Y qué quiere decir exactamente «actricilla»?

Se pone de pie y va hasta el altavoz. Gira el mando. Se oye el ensayo en la sala del teatro.

Una actricilla sin porvenir que interpreta a Chéjov...

La voz límpida de Dominique suena en el camerino como si estuviera allí mismo.

NINA

¿Ve usted la casa y el jardín de la otra orilla?

TRIGORIN

Sí.

NINA

Es la finca de mi difunta madre. Allí nací yo. He pasado toda la vida junto a este lago, conozco hasta la última islita.

TRIGORIN

¡Qué bien se está aquí! ¿Qué es eso?

NINA

Una gaviota... La mató Konstantin Gavrilovich.

TRIGORIN

Qué hermosa ave. De verdad que no tengo ganas de marcharme. A ver si convence a Irina Nicolaievna de que se quede.

Jean baja el volumen del altavoz. El resto del ensayo se oye como ruido de fondo. Caveux no se ha movido.

CAVEUX

Os creéis muy listos los dos..., el futuro gran escritor y la futura gran actriz, supongo...

JEAN

Es una muchacha muy sensible... Me ha comentado algo que le va a interesar a usted... Me ha dicho que encontraba un parecido entre los personajes de esta obra de Chéjov y nosotros...

Pero la he sacado del error enseguida... Le he dicho que usted no era un escritor de verdad como Trigorin... y que mi madre no tenía nada que ver con Irina Nicolaievna, la gran actriz, la madre del joven... y que yo no tenía intención alguna de suicidarme como el joven ese.

CAVEUX

¿No me consideras escritor? ¿Y desprecias a tu madre?

JEAN *(muy tranquilo)*

Debería tomar nota de esa réplica para más adelante. A lo mejor algún día escribo una obra de teatro en la que salgan usted y mi madre como dos fantasmas del pasado...

CAVEUX

¿Fantasmas?

JEAN

¿Me permite que tome nota de sus intervenciones? Me servirán más adelante.

CAVEUX

¿También pretendes llegar a autor dramático? Pero, mi pobre amigo, eres demasiado vago... Vi cómo trabajaba Jean-Paul Sartre en la época en que escribía sus obras de teatro... Antes de escribirlas, estudió a fondo todos los recursos que usaban los dramaturgos del siglo XIX, y lo hizo como un aprendiz de relojero. Se había leído el teatro completo de Eugène Scribe lápiz en mano para poner anotaciones en todas las páginas.

JEAN *(soñador)*

¿Lápiz en mano?

CAVEUX

Exactamente. Lápiz en mano.

JEAN *(con candor fingido)*

¿Y usted también ha trabajado siempre así? ¿Lápiz en mano?

CAVEUX

Qué triste resulta un chico de tu edad que va camino de la catástrofe... A uno le gustaría salvarlo, pero no se puede luchar contra la abulia y el desorden... Y la cosa va a empeorar si sigues en contacto con esa chica...

JEAN

¿La «actricilla»? ¿Lo cree usted de verdad?

CAVEUX

No puedes permitirte la más mínima dejadez. Tienes responsabilidades de orden material... Si fueras valiente, encontrarías un trabajo para asegurarle a tu madre las comodidades que se merece...

JEAN

Sí, debería seguir los consejos de usted... Sería un guía para mí... Es algo que escasea cada vez más en nuestros tiempos... Se topa uno con tantos malos pastores...

CAVEUX

Ya te he dicho que no te hagas el listillo... Me gustaría tanto poder sentir estima por ti... No pareces tener conciencia de algo que resulta necesario en la vida... Hay que admirar a algunas personas... Sirven de ejemplo..., en contacto con ellas, llegas a un nivel superior... Me acuerdo muchas veces del título de un libro..., un libro muy hermoso: *La vida en forma de proa*... Desearía que no perdieras el tiempo y la salud en un camerino en compañía de esa chica que es tan mala influencia y te arrastra hacia el fondo... Recuérdalo... *(Muy serio de repente.)* La vida en forma de proa.

JEAN *(pensativo)*
La vida en forma de proa...

CAVEUX

¿Sabes? Siempre he admirado a los bailarines y a los toreros... He escrito artículos sobre algunos..., en particular sobre Luis Miguel Dominguín y El Cordobés..., y sobre ese torero tan joven a quien llaman El Litri..., y también sobre Rudolf Nuréiev... Al estar en contacto con ellos notaba, ¿cómo decirte?, una especie de exaltación... Admiraba su trabajo, su valor, su hermosura... Si hubieras visto a Nuréiev por las mañanas, haciendo barra durante horas. Y al Litri, cuando era adolescente, entrar en la plaza..., un arcángel... Me gustaría que fueras como ellos...

JEAN

Pero yo no soy nada al lado de esas estrellas..., una mota de polvo...

CAVEUX

Si me hicieras caso..., pronto cumpliré los cincuenta... Sobre todo no vayas a pensar que estoy ciego en lo que a mí se refiere... Ya sé que no tengo nada que ver con Trigorin, el escritor famoso de la obra de Chéjov, como has tenido la amabilidad de recordarme..., pero soy un buen profesional..., podría corregir algunas torpezas que he leído en tu manuscrito..., enseñarte, por ejemplo, el uso de las metáforas, que tú pareces ignorar... Los deportistas de nivel medio son muy buenos entrenadores..., podría hacer contigo el papel de entrenador...

JEAN

Es muy amable por su parte... Ya he visto que había corregido algunas cosas al principio de mi manuscrito...

CAVEUX

Sí, hice unas cuantas correcciones..., fue un reflejo profesional... Soy un profesional...

JEAN *(hojea el manuscrito)*
Creo que ha añadido demasiados adjetivos...

CAVEUX
Pero es que tienes un estilo tan chato..., tan insípido...

JEAN *(triste)*
Yo había puesto sencillamente «un trueno»; me lo ha tachado y lo ha cambiado por «en la lejanía retumbaban las sordas avalanchas del trueno».

CAVEUX
La frase tiene que cantar, estúpido...

JEAN
Y aquí había puesto «le salían de la boca frases breves», y usted ha añadido «como pedos de gastrónomo».

CAVEUX
Eso se llama metáfora. ¿No te fías de mí? Te propongo algo: te olvidas definitivamente de esa pena de manuscrito y yo te dicto lo que tienes

que escribir... Será una experiencia estupenda..., algo así, hasta cierto punto, como el «voceadero» de Flaubert...

JEAN *(cortésmente)*

Pero yo no quiero que me dicten lo que tengo que escribir.

CAVEUX

Y además será un vínculo muy fuerte entre nosotros..., como Cyrano de Bergerac con Christian en el momento en que Cyrano le sopla su declaración de amor...

JEAN

Yo no necesito que nadie me sople nada.

CAVEUX

¡Menudo orgullo! Cuando me movía en el entorno de Jean-Paul Sartre, a veces le corregí algunos textos, e incluso se los volví a escribir del todo... Por lo demás, corté unas cuantas cosas en una de sus obras de teatro...

JEAN

¿Lápiz en mano?

CAVEUX

¿Es tu última palabra?

Jean se queda callado.

Es inútil insistir... Me miras desde las alturas de tu futura obra. Bueno, pues te dejo con tu actricilla y tu mediocridad... A tu edad yo tenía más ambición que tú... Soñaba con ser poeta... La novela me parecía un género demasiado tosco...

Se acerca al borde del escenario y dice, como si se dirigiera al público:

Empecé con un poemario que se llamaba *Cante rondo... (Más bajo.)* Tenía eso que se llama el sentido de una pausa... En determinado momento hay que dejar el verso en el aire y crear un clímax... ¿Quieres que te ponga un ejemplo? Así acababa mi poemario:

Empieza a recitar seguro de sí mismo, pero poco a poco va perdiendo la seguridad y se atranca en los últimos versos:

*No hubo mes de junio que fuera más espléndido
que el mes de junio aquel en el solsticio.
Las personas mayores habían perdido la guerra
y tú corrías por la garriga y
te despellejabas las rodillas,
muchacho puro y violento,
lejos de los aldeanos, de las chiquillas viciosas.
El azul del cielo nunca había sido tan azul...*

Pausa. Está erguido como si esperase unos aplausos. Parece decepcionarlo que no los haya.

Ya no se ve a Jean al fondo del escenario.

Al cabo de unos momentos, Caveux, como un sonámbulo, sale despacio del escenario andando hacia atrás.

Oscuro. Vuelve la luz.

El camerino de Dominique. Jean está echado en el sofá. Por el altavoz colocado encima del sofá se oye un ensayo de Buen fin de semana, Gonzales, *que transcurre en el escenario del teatro de al lado.*

UNA VOZ *(muy fuerte)*

¡Eh!... ¡Gonzales!

OTRA VOZ

¿Nos vas a contestar, Gonzales?

OTRA VOZ

Sabemos que estás escondido ahí arriba...

OTRA VOZ

¿Nos tomas por imbéciles, Gonzales?

OTRA VOZ

¡Vamos a ir a buscarte, Gonzales!

Luego todas las voces repiten a coro:

¡Buen fin de semana, Gonzales! ¡Buen fin de semana, Gonzales! ¡¡Hip, hip, hurra por Gonzales!!

Jean se levanta y apaga el altavoz. Dominique ha entrado en el camerino.

JEAN

El regidor ha tenido el detalle de instalar este aparato para que oiga los ensayos de *Buen fin de semana, Gonzales*. Podemos saber cuándo está mi madre en escena y así evitarla por la calle.

DOMINIQUE

En cualquier caso, desde el otro día he tenido la suerte de no encontrármela.

JEAN

Estoy seguro de que se presentará de improviso... A lo mejor su camerino está al otro lado de la pared... El regidor me ha confirmado que hay un pasadizo entre los dos teatros..., un pasadizo no, en realidad... una simple puerta de comunicación...

DOMINIQUE

Deja de preocuparte por eso, Jean.

JEAN

No debería haberte contado que Caveux vino a verme a tu camerino ayer por la tarde...

DOMINIQUE

Jean... Yo también me estaba preguntando hace un rato si merecía la pena mencionártelo..., me he encontrado con Caveux esta mañana.

JEAN *(sorprendido)*

¡Qué curioso! Cuando ayer se fue andando hacia atrás como un fantasma me dio la impresión de que no lo volveríamos a ver nunca más.

DOMINIQUE

Yo salía de casa. Estaba en la esquina de la calle de Valence con la avenida de Les Gobelins..., como si montara guardia... Podría haberme ido en sentido contrario, pero bien pensado, ¿por qué? Vino hacia mí... Llevaba una gabardina militar verde botella... y botas...

JEAN

¿Botas?

DOMINIQUE

Sí.

JEAN

¿Y la gorra de cuero negro?

DOMINIQUE

No. Iba sin nada en la cabeza. «Vengo a hablarle de Jean», me dijo. Tenía una voz muy untuosa, pero también muy seca a ratos. Me dijo: «Le pido que deje de ver a Jean. Es por su bien. Es un muchacho demasiado frágil...»

JEAN

¿Demasiado frágil? Quiere hacernos llorar...

DOMINIQUE

Me ha dicho que tienes a tu madre muy preocupada...

JEAN

Siempre lo ha estado..., una de esas madres que se sacrifican en la sombra por su hijo y lo apoyan pase lo que pase... Entre los once y los dieciocho años he debido de verla en dos o tres ocasiones, y siempre durante una hora apenas... Se cansaba enseguida.

DOMINIQUE

Según iba hablando, se iba volviendo cada vez más amenazador.

JEAN

Supongo que no era del todo el mismo diálogo que el de Trigorin en *La gaviota*...

DOMINIQUE

No. Y, sin embargo, me hacía una impresión muy rara... Era como si tuviera fiebre y los personajes de la obra de Chéjov se me aparecieran desfigurados...

JEAN

Me hago cargo..., como si los vieras en los espejos deformantes del Jardín de Aclimatación. O como si la obra te la estuviera contando un borracho que hubiera bebido vino adulterado...

DOMINIQUE

Especificó que no merecía la pena que enviases tu manuscrito a un editor..., lo rechazarían... Y, de todas formas, ya se encargaría él personalmente de que ese libro no se publicase...

JEAN

Trigorin nunca habría dicho algo así.

DOMINIQUE

Se sacó un cuadernito del bolsillo de la gabardina. Lo abrió y me dijo: «Vive usted en el número 9 de la calle de Valence, ¿verdad? Iremos todas las noches su madre y yo a llamar a su puerta para comprobar si está con usted..., o montaremos guardia delante del edificio para impedir que suba...»

JEAN

Valdrá más que no volvamos a tu casa en unos cuantos días.

DOMINIQUE

¿Van a continuar persiguiéndote así mucho tiempo?

JEAN

Caveux se cree que puede controlarme..., es un ingenuo... Y además pertenece a la categoría de esos moralistas intransigentes que predican el valor, pero pasan miedo en los ascensores...

DOMINIQUE

No parece que le gusten mucho las mujeres...

JEAN

Ni los hombres. Creo que es virgen. Mi madre también, por cierto.

DOMINIQUE

¿Y no hay ninguna manera de calmarles los ánimos a tu madre y a él?

JEAN

Se ponen la cabeza como un bombo mutuamente..., desde hace algún tiempo quieren jugar conmigo a los padres abnegados... Parecen dos cómicos a los que hubiera contratado un empresario ido para unos papeles que no les van...

DOMINIQUE

¿Estás seguro de que no puedo hacer que entren en razón? Soy una campesina, no me acaloro...

JEAN

No te molestes. Un poco más de paciencia... Acabarán por esfumarse...

DOMINIQUE

¿Crees de verdad que debemos evitar ir a mi casa durante unos días?

JEAN

Es más prudente... Montarán un escándalo, llamarán a tu puerta o la emprenderán contigo por la calle... Quieren que hagas el papel de la mala mujer, yo el del buen muchacho y ellos el papel de los padres respetables... Habrá que llamar a la policía y acabaremos en la comisaría con esos dos desdichados... ¿Y si durmiéramos en tu camerino?

DOMINIQUE

¿El sofá no es demasiado pequeño?

JEAN

Bob Le Tapia me ha enseñado el dormitorio que se montó la antigua directora del teatro..., una cama con dosel... y espejos por todas partes..., incluso en el techo...

DOMINIQUE

¿Podríamos dormir allí?

JEAN

Pues claro... Vamos a explicarle la situación. Lo entenderá... Me ha contado unas historias muy curiosas acerca de esa vieja actriz, y directora... A los ochenta años, quería que la llamasen «señorita», y un día Bob tuvo la mala idea de hablarle de una principiante que trabajaba en su teatro. Empleó la palabra «jovencita»... Y ella, con expresión ofendida, le dijo, dando con el pie en el suelo: «Aquí no hay más que una jovencita, y esa soy yo.»

DOMINIQUE

No, no me apetece dormir en su cuarto..., soy supersticiosa..., me da miedo que esa comicucha vieja me traiga mala suerte...

JEAN

Tienes razón.

DOMINIQUE

Podemos quedarnos aquí y cerrar la puerta con llave, por si los otros dos se presentan de improviso.

JEAN

No vendrán de noche. Se quedarán de centinelas en la esquina de la calle de Valence con la avenida de Les Gobelins.

DOMINIQUE

¿Tú crees?

JEAN

Inmóviles y silenciosos, como dos espantapájaros.

DOMINIQUE

Me asustas, Jean...

JEAN

¿Tienes que seguir ensayando esta tarde?

DOMINIQUE

Sí..., la escena final..., la escena contigo...

JEAN

Pero yo no soy Konstantin Gavrilovich Treplev, no me voy a suicidar. Esos dos espantapájaros no van a desmoralizarme.

Dominique coge el cuadernillo de la obra de la mesa de maquillaje. Se sientan los dos juntos en el sofá. Ella hojea el cuadernillo.

DOMINIQUE

Mira... Está aquí...

Señala la página con el dedo. Según leen el texto, la luz va bajando hasta llegar al oscuro total.

¡Ahora sé, Kostia, que en nuestras profesiones..., tanto escribiendo como representando, lo principal no es la gloria, ni el brillo, ni la realización de los sueños!... ¡Lo principal es saber sufrir!... ¡Lleva tu cruz y ten fe!... ¡Yo la tengo y por eso mi sufrimiento es menor!... Y cuando pienso en mi vocación, no temo a la vida.

JEAN *(con tristeza)*

¡Porque ha encontrado su camino! ¡Sabe adónde va!... ¡Yo en cambio floto en un caos de sueños e imágenes sin saber por qué escribo ni quién lo necesita! ¡No creo, y no sé cuál es mi vocación!

Oscuro.
Vuelve la luz. Dominique y Jean están en el centro del escenario vacío, sin decorado.

DOMINIQUE

Aquí se respira.

Respira hondo. Se vuelve hacia Jean.

¿Qué hora es?

JEAN

Las dos de la mañana.

DOMINIQUE

Es buena idea lo de dormir en el camerino... Podríamos vivir aquí hasta el ensayo general..., e incluso más tiempo... Estoy segura de que a Bob, el regidor, le parecería bien...

JEAN

Podría contratarme de vigilante nocturno.

DOMINIQUE

Aquí, a esta hora, el aire es ligero... ¿Has tenido tú también, cuando eras más joven, momentos en que parecía que te asfixiabas?

JEAN

Seguramente. Pero no me daba cuenta.

DOMINIQUE

A mí me pasaba cuando era pequeña... Más adelante soñaba con ir a la orilla del mar o a la montaña con la esperanza de poder respirar por fin..., hasta el día en que me vi por primera vez en un escenario... Pese a los nervios, respiraba como no había respirado nunca... Nunca más he vuelto a sentir aquella sensación de ahogo... ¿Para qué ir a buscar el aire libre a la montaña o a la orilla del mar? El aire libre está aquí...

Pausa.

JEAN

Qué silencio...

DOMINIQUE

Bob, el regidor, me ha dicho que en los teatros por las noches pasaban cosas raras... Cuando te has acostumbrado ya al silencio y a las hileras de butacas vacías, se oyen voces..., pero tan lejanas que no se distinguen enseguida... Se necesitan varios días, varios meses, para oírlas de verdad... Es un auténtico ejercicio..., algo así como el yoga...

JEAN

¿Y tú oyes esas voces?

DOMINIQUE

Todavía no. Pero Bob me ha dicho que Savelsberg las oía.

JEAN

¿Y se lo has mencionado a Savelsberg?

DOMINIQUE

No me atrevo. Bob me ha convencido de que

más valía no tocar ese tema con él. Tiene que ver con su sistema de trabajo... Prefiere no divulgar sus secretos.

JEAN

¿Qué secretos?

DOMINIQUE

Por lo visto, Savelsberg, cada vez que dirige una obra, necesita saber lo que hicieron los demás antes que él. Y cómo la interpretaron los actores. Luego ya le queda el campo libre.

JEAN

¿Y todo eso te lo ha contado Bob?

DOMINIQUE

Estaba raspando el tablón de anuncios de la fachada del teatro... Según despegaba el cartel más reciente, aparecía otro debajo, y luego otro, y otro... A fuerza de raspar, acabó por dejar al descubierto los jirones del primer cartel, el de una obra de hace veinticinco años que se llamaba *La señorita de Panamá*... Me dijo que ese era el sistema de Savelsberg..., intentar oír las interpretaciones de los actores del pasado... Por lo visto aquí pusieron hace mucho tiempo *La gaviota* de Chéjov...

Callan los dos como si intentasen captar voces.

JEAN

Ahora lo entiendo... Todas estas paredes, este escenario y esas galerías las impregnan las voces de los que actuaron aquí, desde el principio..., como en una caja de resonancia. Bastaría con apretar un botón, que a lo mejor está en algún sitio entre bastidores, y oiríamos todas esas voces y todas esas obras de los últimos cincuenta años...

DOMINIQUE

Habría que preguntarle a Bob.

Se sientan juntos en el escenario.

JEAN

¿Crees de verdad que la sala está siempre vacía a las dos de la mañana? Yo estoy seguro de que a esa hora los espectadores de antes vuelven para presenciar las obras de antes..., algo así como el eterno retorno..., pero no los vemos..., no nos fijamos lo suficiente.

DOMINIQUE

Habría que preguntarle a Bob...

La luz va bajando gradualmente.

¿Crees que merece la pena volver al camerino?

JEAN

No... Podríamos dormir aquí...

Se echan en el suelo, mientras va bajando la luz hasta el oscuro total.
Vuelve la luz. Caveux y Elvire, de pie, uno junto a otro, están al borde del escenario. Detrás, oscuro.

CAVEUX

Ahora tienes que interpretar tu papel de madre. La única mujer que cuenta en la vida de un hombre es su madre. Jean-Paul Sartre vivió con su madre hasta los sesenta años.

ELVIRE

¿Así que esa chica vive aquí?

CAVEUX

Sí. Al lado mismo del edificio grande de ladrillo de allí. Si los vemos llegar, les impedimos que pasen.

ELVIRE

A esa chica soy capaz de sacarle los ojos. Ya veríamos si seguía interpretando a Chéjov...

CAVEUX

Lo que hace falta sobre todo es que entre los dos tengamos fuerza suficiente para llevarnos a tu hijo... Lo cogeremos cada uno de un brazo hasta llegar al coche... Haré todo cuanto esté en mi mano para salvar a ese muchacho...

ELVIRE

Ya le voy a decir yo cuatro cosas a la chica esa... Si se cree que tiene algún derecho sobre mi muchacho porque interpreta a Chéjov... ¿Tú crees que le habrá causado ya algún perjuicio?

CAVEUX

El otro día me plantó cara. Es peligrosa. Para ella tu hijo es una presa fácil. Me he dado cuenta de que ya lo había pervertido.

Pausa.

ELVIRE

¿Crees que habrá hecho que pierda... *(busca las palabras)*... la pureza?

CAVEUX

Desgraciadamente, sí. Hay que salvar a ese chico... Si hace falta me pasaré la noche esperando...

ELVIRE

Yo también.

CAVEUX

Al final tendrán que aparecer... Estamos en el mejor sitio para vigilar las dos entradas de la calle... Pero estoy seguro de que van a llegar por el lado de la avenida de Les Gobelins.

ELVIRE

Solo tú puedes influir en él para encarrilarlo bien. Eres escritor.

CAVEUX

Estoy dispuesto a proporcionarle apoyo espiritual, pero no material. No pienso darle nunca un céntimo, ni aunque se muera de hambre... Tú, que eres su madre, tienes que hacer que se enfrente a sus responsabilidades y obligarlo a encontrar un trabajo lo antes posible... Lo mínimo que se le puede pedir es que te pague el alquiler...

ELVIRE

Estoy de acuerdo contigo.

CAVEUX

Es la única forma de salvarlo.

ELVIRE

Oigo pasos...

Caveux saca del bolsillo una linterna que enciende y cuya luz recorre la parte delantera del escenario.

CAVEUX

No... No hay nadie.

ELVIRE

¿Estás seguro?

CAVEUX

Deberíamos ir otra vez a su casa... Hace un rato llamé, toqué el timbre e incluso di patadas en la puerta... Si hubieran estado, habrían abierto por temor al escándalo... Pero a lo mejor sí que estaban... Esta vez pienso ir por las bravas... Forzaré la cerradura.

Saca del bolsillo una navaja de varias hojas.

ELVIRE

Tienes razón. Hay que salvar a mi hijo.

Andan hacia el fondo del escenario mientras Caveux alumbra con la linterna. Aparece Jean en el haz de luz. Está muy tranquilo, y esa aparición parece irreal, como en un sueño.

Elvire y Caveux están quietos, petrificados. Jean se les acerca.

JEAN

Curioso encuentro... Creía que llevabais mucho tiempo muertos...

ELVIRE *(clavada en el sitio y teatral)*

Hijito..., pobre hijito mío...

JEAN

¿Todavía estáis vivos? ¿Qué hacéis en la calle? Son las dos de la mañana.

ELVIRE

Veníamos a buscarte, hijito... Queríamos salvarte de esa chica horrible...

JEAN *(parece que no la entiende)*

¿Qué chica horrible?

ELVIRE

Ya sabes..., esa que interpreta a Chéjov...

Quiere darle un beso.

Mi grandullón.

Pero Jean la rechaza con suavidad.

CAVEUX *(con la navaja de varias hojas en la mano)*

No rechaces a tu madre, Jean.

JEAN

¿En qué año estamos? De verdad que creía que estabais muertos...

CAVEUX

Nunca hemos dejado de velar por ti. Tu madre estaba tan preocupada...

JEAN *(paseando la mirada de una a otro)*

No puede decirse que se os notase encantados de la vida.

CAVEUX

¿Cómo quieres que se nos notase encantados de la vida? Tu madre se despertaba de noche diciéndome: «Jean está perdido..., perdido... Haz algo...» Pero yo ya había hecho de todo... No atendías a mis consejos..., ni a los de tu madre...

JEAN *(muy amable)*

¡Ah, que me dabais consejos! Se me había olvidado.

CAVEUX

Qué ingratitud... Quería tirar de ti... Quería ser para ti algo así como un guía... ¿Lo recuerdas?

ELVIRE

Te daba buenos consejos... Intentaba ponerte en guardia contra las dificultades del oficio... Él era escritor...

JEAN

¿No os parece que este año el mes de septiembre es espléndido? Se llama el verano indio... Paseo por las calles de París..., la vida es bella..., soy feliz...

CAVEUX

¿De verdad? ¿Eres feliz? Qué suerte tienes.

ELVIRE

Estoy tan preocupada... ¿No estarás enfermo, hijo?

JEAN

No, en absoluto.

ELVIRE

¿Estás seguro de que no estás enfermo? Nos lo puedes decir todo, hijo.

CAVEUX

No nos ocultes la verdad. Queremos ayudarte. Estamos dispuestos a hacer frente a lo peor, como siempre hemos hecho contigo.

JEAN

No, no, no os preocupéis... La vida no ha sido nunca tan hermosa...

ELVIRE

Dinos la verdad, hijo... ¿No estás enfermo y eres realmente feliz?

JEAN

Muy feliz. Y muy rico.

Elvire parece decepcionada.

ELVIRE

Tienes que ser cariñoso con tus pobres padres que se han preocupado tanto por ti. ¿Y esa chica? ¿Sigue interpretando a Chéjov?

JEAN

No solo a Chéjov..., después de Chéjov ha interpretado a Giraudoux, a Musset, a Claudel, a Pirandello, a Shakespeare, a Racine, a George Bernard Shaw...

ELVIRE

¡Cállate!

CAVEUX

¡No disgustes a tu madre!

JEAN *(a Caveux)*

¿Sigue usted desconfiando de las mujeres?

CAVEUX

¿Cómo te atreves a hacerme esa pregunta tan estúpida?

JEAN

Me decía que había que evitarlas...

CAVEUX

Era por tu bien..., para que no dejases de ser un muchacho íntegro..., «un muchacho puro y violento», como escribí en mi primer poemario...

JEAN

¿Y qué ha sido de los toreros y de los bailarines de los que me hablaba?

CAVEUX

No lo sé.

Pausa. Elvire se acerca a Jean.

ELVIRE

Hace un rato dijiste que eras rico...

JEAN *(encogiéndose de hombros)*
Estaba de broma.

ELVIRE

¿No podrías echarme una mano? Solo para el mes que viene..., luego ya veremos...

CAVEUX

Tu madre está pasando unos apuros muy grandes... Acuérdate... Siempre te aconsejé que encontrases trabajo para poder pagarle el alquiler..., y hasta te sugerí que te hicieras un seguro de vida y la pusieras de beneficiaria...

JEAN

Pues claro que sí... Esperad..., llevo algo de dinero encima..., pero os mandaré más. Dadme vuestras señas.

CAVEUX

Apartado de correos. Oficina 23-212.

Le alarga, con ademán de hombre de mundo, lo que parece ser una tarjeta de visita. Jean se rebusca en los bolsillos. Le da un billete a su madre. Ella lo guarda en el bolso.

ELVIRE

Mi grandullón... No quieres preocuparnos, pero estoy segura de que eres muy desgraciado y muy pobre, y de que esa chica ya no puede interpretar a Chéjov... No me equivoco, ¿eh? No me equivoco nunca.

Jean se aleja y, antes de desvanecerse en la oscuridad por el fondo del escenario, les hace un ademán con el brazo.

JEAN *(sonriente)*

A lo mejor volvemos a vernos... De noche, a estas horas, siempre se encuentra uno fantasmas por las calles de París... Ya no me dan miedo...

Caveux y Elvire se quedan solos en el escenario. Parecen incómodos.

CAVEUX *(señalando la parte delantera del escenario)*

Diles algo..., por favor... Diles algo... Lo intenté la otra vez..., quise recitarles un poema de mi primer libro, Cante rondo..., pero no salió bien... No les gustamos... Tu hijo ha hablado tan mal de nosotros...

Empuja a Elvire hacia la parte delantera del escenario. Da la impresión de que busca refugio tras ella.

Diles algo... Piensa en mí... Diles algo para que nos perdonen...

Elvire llega hasta el mismo borde del escenario. Está muy tiesa.

ELVIRE *(con voz entrecortada y mecánica)*

Mi pobre hijo... Era... tan cariñoso... cuando era... pequeño...

La luz baja hasta el oscuro total. Penumbra. La silueta de Jean, de espaldas, inmóvil, como al principio de la obra.

JEAN

¿Cuándo coincidimos por primera vez? Muy tarde, en la plaza Blanche, en el café de antes de llegar a la farmacia... Estaba sentada sola en la mesa de al lado de la mía... Yo también estaba solo... Me dijo: «Hago un papelito en el teatro de la calle Blanche...» Fui a buscarla por las noches... Prefería no subir a su camerino por temor a encontrarme con otro actor que trabajaba en la obra... Henri Guisol, un antiguo compañero de mi madre... Me había conocido de niño... Cuando ella trabajaba en el teatro de la calle Blanche, yo ya llevaba el manuscrito en la cartera sujeta a la muñeca con la manilla... A Henri Guisol le habría extrañado... *(Pausa.)* Qué otoño tan hermoso hacía..., una estación que nunca me ha parecido triste..., con frecuencia indica el comienzo de algo... La esperaba en la acera, en la parte de abajo de la calle, delante del teatro... A veces me da la impresión de que llevamos subiendo la cuesta de la calle Blanche desde aquel otoño y hasta el fin de los tiempos...

La luz vuelve poco a poco. El camerino de Dominique. Jean está de pie; Dominique, sentada delante de la mesa de maquillaje. Han convertido el sofá en cama. Las sábanas y las mantas están en desorden.

DOMINIQUE

Son las doce de la mañana. Menos mal que el ensayo lo tenemos más tarde que de costumbre...

JEAN

Deberíamos dormir aquí siempre..., o incluso quedarnos a vivir... Ya no sabríamos cuándo es de día y cuándo es de noche..., estaríamos definitivamente resguardados del mundo... Esta noche he soñado con mi madre y con Caveux...

DOMINIQUE

Mi pobre Jean...

JEAN

A las dos de la mañana estaban acechando nuestra llegada en la calle de Valence..., incluso habían subido a tu casa..., habían pegado patadas a la puerta...

DOMINIQUE

¡Qué espanto!

JEAN

No sentía agobio en presencia de ellos... Se habían vuelto inofensivos... Sabía que llevaban mucho tiempo muertos...

DOMINIQUE

¿Muertos?

JEAN

Había ido corriente arriba por el tiempo... Era como si me sumergiera de golpe en el pasado, pero conociendo ya todo el porvenir... Casi me daban lástima mi madre y Caveux..., dos mendigos perdidos en el pasado...

DOMINIQUE

Vas a tener que poner todo eso en la novela...

JEAN

No, sería más bien una obra de teatro..., más adelante..., mucho más adelante...

DOMINIQUE

Pero no tardes mucho si quieres que me interprete a mí misma...; si no, ya seré demasiado vieja...

Pausa. Alguien golpea violentamente la puerta y, luego, gira con fuerza el picaporte.

¿Quién es?

No contesta nadie. Los golpes en la puerta son cada vez más fuertes.

JEAN

No abras.

DOMINIQUE

¿Por qué? No tengo nada que ocultar...

Gira la llave en la cerradura del camerino. La puerta se abre. Aparece Elvire... Entra y se desploma en un sillón, junto al sofá.

ELVIRE

Ay, hijos míos...

Pero no parece hacerles caso a ninguno de los dos, demasiado ocupada en sí misma.

No sé si voy a poder continuar trabajando en esa obra...

Mueve la cabeza como si estuviera a punto de echarse a llorar.

Y encima está en el reparto esa espantosa Jacqueline Castagnac..., y es que la odio... Ya tuve que aguantarla en *Desnudo con tambor*...

Detrás de su madre, Jean se encoge de hombros y le hace señas de complicidad a Dominique para indicarle que hay que dejar hablar a Elvire sin interrumpirla.

Esa espantosa Jacqueline Castagnac que en el entreacto de *Desnudo con tambor* recibía a hombres y convertía su camerino en una habitación de burdel...

DOMINIQUE *(tímidamente)*

¿Quiere algo de beber, señora?

ELVIRE

No me llame «señora».

JEAN

Creo que te equivocas por completo en lo de Jacqueline Castagnac.

ELVIRE

Cállate... *(Pausa.)* Y nuestro pobre Christian-Claude... Se desentiende por completo de la dirección... Se duerme durante los ensayos. Menos mal que se trata de una reposición, representamos esa obra varias veces este verano en el casino de Vittel...

DOMINIQUE

¿De verdad que no quiere beber nada?

ELVIRE

No. Ese pobre Christian-Claude... Tengo la impresión de que le empieza a fallar la cabeza... Ha hecho una lista de invitados para el ensayo general... La mayoría murieron hace mucho...

JEAN

¿Estás segura, mamá?

ELVIRE

Pues claro. Por ejemplo, en la lista está Henri Bernstein... Lleva quince años muerto.

JEAN *(a Dominique)*

Pobre Christian-Claude...

Elvire se vuelve despacio hacia Dominique y la mira por primera vez.

ELVIRE *(altanera)*

¿Es la jovencita que interpreta a Chéjov?

JEAN

Sí.

DOMINIQUE

Nos hemos cruzado por la calle.

ELVIRE

No me acuerdo.

JEAN

Te he hablado de ella... E incluso me preguntaste por qué motivos la había contratado Savelsberg...

ELVIRE

No..., nunca te he preguntado eso... *(Soñadora, sin dejar de mostrarse altanera.)* Chéjov... Yo también habría querido interpretar a Chéjov...

DOMINIQUE *(ingenuamente)*

Y ¿por qué no lo ha hecho...?

ELVIRE

Porque me desanimaron. Tiene usted suerte... Savelsberg ha sido muy amable con usted... Le ha dado enseguida ese papel... Cuando yo tenía su edad, fueron tan malos conmigo...

JEAN

Eso no es del todo cierto, mamá...

ELVIRE

¿Y tú qué sabes? Tiene razón Caveux cuando

me dice: «Lo que nos une es que los dos éramos niños pobres.»

*Pausa.
A Dominique:*

Y usted, señorita, ¿es pobre?

DOMINIQUE

Nací en un pueblecito de Bretaña...

JEAN

Pero tú, mamá, bien pensado, ¿eras tan pobre como dices?

DOMINIQUE

Disculpe... Tengo que encender el altavoz para saber cuándo me toca incorporarme al ensayo.

Enciende el altavoz. El ensayo no ha empezado todavía. Se oye como un ruido de viento en las hojas.

ELVIRE

Cuando tenía su edad, me presenté en el despacho de un director teatral para una audición...

Se oía ese mismo ruido en su aparato..., antes del ensayo...

> *Jean, sin que lo vea Elvire, le enseña el reloj a Dominique encogiéndose de hombros y suspirando para darle a entender que es probable que su madre se quede un buen rato en el camerino.*

Esa noche no ensayaban una obra de Chéjov, sino una obra de Giraudoux... *(Soñadora.)* Giraudoux... Cuando llegué por primera vez a París, a la estación del Norte, soñaba con casarme con Jean Giraudoux... Habrías sido el hijo de Giraudoux, hijito... Por cierto, por eso te puse de nombre Jean...

JEAN *(dubitativo)*

Nunca me lo habías dicho.

ELVIRE *(con la cabeza gacha)*

El director del teatro se llamaba Jacques Hébertot... Un individuo alto y calvo de alrededor de cincuenta años... En su despacho estaba con su amigo y protegido, un joven todavía más alto que él con aspecto de leñador, que decía que se llamaba Robert Hébert... Hébert... Hébertot...

Me estaban mirando los dos... Yo tenía unos nervios... Tenía que recitar el monólogo de Hermione, de *Andrómaca*...

Parece estar haciendo un esfuerzo para recordar. Recita luego torpemente y saltándose palabras.

«¿Dónde estoy?... ¿Qué he de hacer ahora?... ¿Qué pena me embarga?... Errante recorro este palacio...»

Se interrumpe. Dobla la espalda, agobiada. Dominique se le acerca.

DOMINIQUE

No se apene, señora... Puedo ensayar con usted...

Empieza a recitar el monólogo con voz límpida y agachando la cabeza.

«¿Dónde estoy? ¿Y qué he hecho? ¿Y qué he de hacer ahora? ¿Qué arrebato me embarga? ¿Qué pena me devora? Recorro este palacio errante y sin reclamo. ¡Ah! ¿No podré saber si aborrezco o si amo?»

81

Según recita, Elvire se endereza y la mira fijamente.

ELVIRE

Claro, qué fácil... Seguramente habrá estudiado usted en el conservatorio... Yo era pobre y, a su edad, trabajaba de figurante en *No No Nanette* en el Excelsior de Amberes.

DOMINIQUE

Se equivoca, señora. No he ido al conservatorio. Debuté en Les Capucines, bajo la dirección del pobre Christian-Claude... Y la obra se llamaba *Dedícate a mi mínimo*...

ELVIRE *(como si no la hubiera oído)*

Me oyeron recitar el monólogo... Hébertot y Hébert... Hébertot estaba muy tieso detrás de su escritorio... Hébert estaba de pie, con una sonrisa en aquella cara de leñador...

Agacha la espalda. Parece que le cuesta seguir hablando.

Por el altavoz se oía el ensayo de la obra de Giraudoux y me daba cuenta de que en realidad

Hébertot y Hébert no me estaban escuchando, estaban escuchando a Giraudoux... Al acabar no dijeron nada..., y luego Hébert se volvió despacio hacia Hébertot... Y ¿sabe lo que me dijo Hébertot?

Se endereza, levantando la barbilla como para contener las lágrimas.

Me dijo: «Ya le escribiremos, señorita...» Nunca me escribieron.

Pausa. Jean y Dominique la miran fijamente.

Pero si yo me hubiera llamado señora Giraudoux, ¿creéis que esos dos caballeros me habrían recibido como lo hicieron?

Pausa.

JEAN

Hay que olvidar todo eso...

ELVIRE

¿Cómo quieres que lo olvide?... Me acuerdo de vez en cuando... Por ejemplo, cuando me cruzo entre bastidores con esa espantosa Jacqueline

83

Castagnac..., y cuando sé que están interpretando a Chéjov al otro lado de la pared...

DOMINIQUE

Venga a vernos, señora.

ELVIRE

¿Por qué me llama siempre «señora»? No, no voy a ir. *(Pausa.)* Por lo visto habéis sido los dos muy antipáticos con Caveux...

DOMINIQUE

Habló conmigo... Intenté entender lo que quería decirme. No me enteré de gran cosa. Cree que soy una mala influencia para Jean.

ELVIRE

Bah..., como todas las actrices...

JEAN

Es muy intrusivo... Quiere dictarme mi novela...

ELVIRE

Deja que lo haga, hijo.

Se levanta. Agacha la cabeza. Parece hacer un esfuerzo para controlarse.

No os lo he dicho todo... Nunca se lo he contado a nadie... *(Pausa.)* Lo supe pocos días después por un compañero que hacía de uno de los dos ángeles en la obra de Giraudoux, Tony Taffin...

Respira hondo para darse ánimos.

¿Sabéis lo que dijo de mí Hébertot? Dijo... dijo... «¿Pero quién demonios me habrá mandado a esa señorita Beulemans?»

Se desploma en el sillón. Dominique, pasmada, mira a Jean.

DOMINIQUE *(preocupada)*

¿Quién es la señorita Beulemans?

JEAN

Una muchacha del folklore de Bruselas..., algo así como la tonta del pueblo, como Bécassine para los bretones...

Elvire alza la cabeza.

ELVIRE *(a Dominique, triste)*

Era porque tenía algo de acento del Norte...

Se levanta como si se dispusiera a irse.

Le pone una mano en el hombro a Dominique.

Cariño..., quiero que lo sepas... Al principio del todo nunca pensé que un día trabajaría en obras como *Buen fin de semana, Gonzales...* Vine a París por primera vez unos meses antes de la guerra... Éramos una compañía de actrices muy jóvenes, La Compañía de la Rosa... Interpretábamos una obra de Michel de Ghelderode... *Magia roja...* Representamos esa obra en el estudio de un pintor, en el callejón de Ronsin, en un tablado improvisado... Intento acordarme de los nombres de mis compañeros... Estaban Jacqueline Harpet..., René le Jeune..., Sadi de Gorter... El director se llamaba Jean-Michel... Me pregunto qué habrá sido de ese individuo...

Coge del brazo a Dominique y la lleva hacia la salida del camerino.

Publicaron un articulito en un periódico de París... Lo llevo siempre encima...

Se saca del bolsillo de la chaqueta un pedazo de papel.

Atiende... *(Lee.)* «En un estudio de pintor del callejón de Ronsin, bajo el signo de la Rosa. Ante cincuenta o ante cinco espectadores, diez actores jóvenes demuestran todas las noches cuánto aman el teatro y el talento que tienen...»

Ha abierto la puerta del camerino.
Le alarga el artículo a Dominique.

Te lo doy, cariño.

Sale.
Pausa.

JEAN

No volveremos a verla.

DOMINIQUE

¿De verdad lo crees? Ahora que ya lo ha hecho una vez, es posible que vuelva a mi camerino...

JEAN

Le he pedido a Bob Le Tapia que cierre la puerta de comunicación entre los dos teatros..., pero no hace falta... A partir de esta noche no los volveremos a ver, ni a ella ni al cura renegado... Es exactamente igual que en mi sueño... Ya conozco todo el porvenir...

Baja la luz hasta el oscuro.
Luego vuelve una luz velada.
Jean y Dominique están sentados en un banco, al borde del escenario. Detrás de ellos, la oscuridad.

¿Y no le queda ningún recuerdo de aquella obra de Chéjov?

DOMINIQUE

Ninguno, caballero. Ya le he dicho que me toma por otra.

JEAN

Míreme otra vez... ¿No le da la impresión de haberme conocido antes?

Ella se vuelve y lo mira fijamente.

DOMINIQUE

No. O será que a lo mejor me crucé con usted hace mucho y lo he olvidado. Sea como fuere, ni mi apellido ni mi nombre son los de esa persona en quien está usted pensando.

JEAN

Estoy seguro de que si le diera algunos detalles, recobraría la memoria...

DOMINIQUE

Y, según usted, ¿dónde nos conocimos y cuándo?

JEAN

Me temo que, con el paso del tiempo, también se me han olvidado a mí los detalles... *(Parece que le cuesta acordarse de uno de esos detalles.)* Por mediación mía conoció usted a un hombre del que decía que parecía un cura renegado...

DOMINIQUE

No, no..., yo nunca habría dicho algo así.

JEAN *(titubeando)*

Y conoció también a mi madre, que trabajaba en *Buen fin de semana, Gonzales*...

DOMINIQUE

¿Su madre? No sabe cuánto lo siento... Me habría gustado mucho acordarme de su madre...

JEAN *(como si le fallase la memoria y el pasado le volviera solo a retazos)*

Vivía usted en el número 9 de la calle de Valence.

DOMINIQUE

Es la primera vez que oigo ese nombre... ¿Por dónde cae esa calle?

JEAN

Por la zona de Les Gobelins...

DOMINIQUE

No conozco ese barrio.

JEAN *(titubeando)*

Era usted oriunda de Bretaña..., pero ya no me acuerdo del nombre del pueblo...

DOMINIQUE

Desgraciadamente no soy bretona, caballero.

Pausa.

JEAN *(como si hubiera renunciado a recordar el pasado)*

¿Y está ensayando una obra en ese teatro de ahí? *(Indica el fondo del escenario.)*

DOMINIQUE

Lo bueno es que no hay obligación de quedarse en el camerino. Se puede tomar el fresco en esa placita que está delante del teatro..., e incluso estudiarse el papel.

JEAN

¿Cómo se llama la obra?

DOMINIQUE

La desconocida de Arrás... Ya que está usted aquí, me gustaría pedirle un favor... ¿Me ayuda a ensayar la escena?

Le alarga el cuadernillo y le señala la página.

Es aquí.

JEAN *(leyendo el texto)*

¡Cállate! Y lo primero, ¿por qué no me has esperado?

LA DESCONOCIDA

No lo sé.

JEAN

¿Dónde estabas mientras te buscaba por todas partes?

LA DESCONOCIDA

No lo sé.

JEAN

No te hagas la tonta. Y contéstame. Se me había olvidado preguntarte el nombre. ¿Cómo te llamas?

LA DESCONOCIDA

Ya sabe que no lo sabemos.

JEAN

Pero tú si lo sabes...

LA DESCONOCIDA

Soy la muchacha desconocida de los alrededores de Arrás.

Jean se vuelve hacia ella y la mira en silencio.
Ella se le acerca más. Le coge el cuadernillo de la obra.

DOMINIQUE *(de repente)*

Jean... No querría disgustarte... Lo que te está sucediendo ahora mismo es muy corriente... Pasa muchas veces cuando soñamos con una persona a quien conocimos en el pasado y a quien hemos perdido... Sueñas que estás a su lado en un banco..., y te da la impresión de que ya no tiene nada que decirte y que no te conoce...

La luz va menguando hasta el oscuro; luego vuelve. Una luz velada. Jean está sentado solo en el banco.

JEAN

En los sueños no pasa eso que dice ella... Andamos los dos juntos por diferentes lugares de París... No hablamos, pero sé que me ha reconocido... Estoy seguro... Vamos siguiendo la orilla de los lagos del bosque de Boulogne, e incluso cogemos una barca hasta el Chalet des Îles... No decimos ni una palabra y, en el sueño, es algo que me parece natural... Es al despertar cuando lamento que hayamos estado en silencio... La próxima vez tendré que hacerle preguntas y no le quedará más remedio que contestarme... Así que lo intento en el sueño siguiente... Pero la mayoría de las veces estamos en sitios ruidosos que nos ahogan las voces... Muchas veces, en el bulevar de Clichy, en invierno, caminando junto a las barracas de feria..., o en el vestíbulo de la estación de Saint-Lazare... La otra noche íbamos por primera vez por la terraza de la orilla del agua del jardín de Les Tuileries... No había vuelto desde que era pequeño... Y ahí tampoco podíamos hablar... Parecía que estábamos junto a una autopista, por culpa de la circulación del muelle... Veía que se le movían los labios, pero no oía lo que me decía...

La luz va disminuyendo hasta el oscuro. El haz de luz de una linterna en la oscuridad. La lleva Dominique. Jean aparece en el rayo de luz.

DOMINIQUE

Creí que te había perdido, Jean...

JEAN

Yo también... Me había parado a leer el letrero del nombre de una calle... Ya no sabía dónde estábamos...

DOMINIQUE

Han cortado la luz antes de lo que habían dicho... Me pregunto si es en todo París o en algunos barrios...

JEAN

En todo París.

DOMINIQUE

Hice bien cogiendo esta linterna.

La luz de la linterna ilumina el banco de las escenas anteriores.

JEAN

Podemos esperar en ese banco.

Se sientan y Dominique le pone la cabeza en el hombro a Jean.

DOMINIQUE

Te das cuenta..., si nos hubiéramos perdido en la oscuridad...

JEAN

Era imposible.

Mira el reloj.

En cualquier caso, han dicho que volverían a dar la luz dentro de una hora.

DOMINIQUE

De verdad que me ha dado mucho miedo haberte perdido... He sentido una especie de pánico, como el de hace tres años, cuando llegué a París, a la estación de Montparnasse... En el metro, no me enteraba de los transbordos... Me bajé en la estación de Blanche... Tenía un plano de París y las señas de la academia de arte dramático de la señora Bauer-Thérond... Pasé la primera noche en un hotel de la calle de Henri-Monnier, al lado de la academia... No dormí en toda la noche... Me daba la impresión de que estaba todo tan oscuro como ahora... Pero al irme de Bretaña no se me había ocurrido coger una linterna...

JEAN

Más vale llevar siempre una linterna encima.

DOMINIQUE

Y tú, ¿qué estabas haciendo hace tres años?

JEAN

Lo mismo que hoy. Andaba mucho por el barrio..., por la zona de la plaza Blanche..., muy cerca de esa señora... *(Titubea buscando el apellido.)* La señora...

DOMINIQUE

Bauer-Thérond... *(Pausa.)* Así que habríamos podido coincidir.

Un rayo de luz ilumina a Dominique, dejando a Jean en la sombra; da la impresión de que está sentada sola en el banco.

Si alguien pudiera decirme por qué azar o qué milagro se encuentran dos personas... *(Pausa, como si esperase una respuesta.)* Estábamos los dos en el mismo barrio y hubo que esperar meses hasta que me encontré contigo..., ¿nos cruzamos por la calle mucho antes sin fijarnos? Nunca lo sabremos...

Oscuro. Luego, una luz débil en la parte delantera del escenario que deja en la oscuridad todo lo demás.

JEAN *(de pie, en la parte delantera del escenario)*

Me pregunto si lo recuerdan ustedes... Hubo, ese invierno, varios cortes de luz en París. Ella me dijo que, como medida de precaución, iluminaban el escenario del teatro de la calle Blanche con velas... Una noche, la estaba esperando como de costumbre en la acera, enfrente del teatro... No hacía falta linterna: una capa de nieve fosforescente cubría la calle... Parecía que estábamos en la montaña..., o sencillamente en la calle Blanche, a la que aquel invierno le pegaba mucho su nombre... Sale del teatro y se me agarra al brazo... Me dice que el director Savelsberg ha ido a su camerino en el entreacto para ofrecerle el papel de Nina en *La gaviota* para la temporada siguiente... No lo entiende... ¿Savelsberg se toma la molestia de ir a verla, a ella, a una principiante, en una reposición de *Nueces de coco* y le ofrece que interprete a Chéjov? Vamos calle Blanche arriba, por esa capa de nieve..., como en un sueño... Arriba del todo entramos en el café donde nos conocimos... Nos sentamos a la misma mesa..., un sábado... Las barracas de feria y los caballitos están todavía abiertos en el terraplén del bulevar de Clichy...

Se oye, muy lejos, una música de feria que ha empezado a sonar en el momento en que Jean decía las dos últimas frases y sigue sonando, cada vez más dé-

bil, según baja la luz hasta el oscuro. Vuelve la luz poco a poco. Es muy fuerte, casi cegadora.
El camerino de Dominique.
Jean está echado en el sofá, corrigiendo su manuscrito. Por el altavoz se oye el ruido de fondo de las frases de la obra de Chéjov.
Dominique entra, sin aliento, en el camerino. Va vestida para la representación. Se sienta ante la mesa de maquillaje.

¿Qué tal va ese ensayo general?

DOMINIQUE

No lo sé..., no me atrevo a decirte nada..., soy supersticiosa...

JEAN

Por lo que he oído por el altavoz, todo transcurre de la mejor forma posible.

DOMINIQUE *(inquieta)*

No lo sé... ¿De verdad puede saberse algo los lunes de ensayo general?

JEAN

¿Y a Savelsberg? ¿Qué le parece?

DOMINIQUE

Está muy tieso detrás del escenario. Apunta cosas en su libretita. *(Como hablando consigo misma.)* Tengo miedo... Siempre le he tenido miedo al final del cuarto acto.

JEAN

No te preocupes inútilmente... Savelsberg confía en ti...

DOMINIQUE

Entonces, ¿por qué no me dice nada esta noche? Cuando pasé por delante de él después de la escena del segundo acto..., la escena contigo..., no, quiero decir la escena con Treplev..., no me dijo ni una palabra de ánimo.

JEAN

Está mirando a ver cómo transcurre la obra... Quiere tener una visión de conjunto... Si hubieras cometido el más mínimo error te lo habría dicho.

DOMINIQUE

¿Lo crees de verdad?

JEAN

Pues claro que lo creo... Tengo cierta experiencia... Nací en un camerino..., jugué a las canicas en uno..., hice en uno mis primeros deberes escolares... Y vivo contigo en uno desde hace días... No tienes nada que temer..., te he oído..., no puedes interpretar mejor el papel de Nina... *(Pausa.)* Voy a intentar que se me quede grabada la fecha de esta noche... Lunes 19 de septiembre de 1966..., la fecha de un ensayo general que me da la impresión de que va a ser la de nuestros comienzos en la vida...

Dominique se acerca al altavoz y sube el volumen.

DOMINIQUE

No puedo fallar la entrada...

Los dos escuchan la obra en silencio.

ARKADINA

Vamos ahora a tomar algo... Nuestra celebridad no ha comido aún. Después de cenar seguiremos... Kostia, deja ese manuscrito tuyo y ven a comer.

TREPLEV

No, mamá, no tengo hambre.

ARKADINA

Como quieras... Petrushka, ¡a cenar! Voy a contarle el recibimiento que me hicieron en Járkov...

DOMINIQUE

Ya está, Jean, es el momento..., tengo que ir para allá... Bésame.

Se besan.
Dominique abre la puerta y se vuelve hacia Jean.

Savelsberg te ha invitado esta noche a la cena con todos los demás... Ya sabes, el restaurante que está entre el Palais-Royal y Les Halles... L'Épi d'or, en la calle de Jean-Jacques Rousseau...

En el momento en que cierra la puerta, la luz va bajando poco a poco hasta el oscuro.

En la oscuridad se oyen las frases finales de la obra.
Un disparo.

ARKADINA

¿Qué ha sido eso?

DORN

Nada. Seguramente algo que ha explotado en mi botiquín. ¡No se preocupe!... Justo lo que les decía. Ha explotado el frasco del éter...

ARKADINA

¡Qué susto me he llevado! Me he acordado de cuando... Hasta se me ha nublado la vista.

DORN

Hace unos dos meses venía aquí un artículo..., era una carta de América sobre la que quería preguntarle algo... Es una cuestión que me interesa mucho... ¡Llévese de aquí a Irina Nicolaievna! ¡Konstantin Gavrilovich se ha pegado un tiro!

Sigue el oscuro. Un momento de silencio. Aplausos. Se oye que en la sala vo-

cean rítmicamente: «Sa-vels-berg... Sa-vels-berg», y luego: «Pi-to-ëff... Pi-to-ëff... Georges Pi-to-ëff... Georges Pi-to-ëff...» Los aplausos se van apagando poco a poco. Silencio... El haz de una linterna en la oscuridad ilumina a Jean, que está en la parte delantera del escenario. El que lleva la linterna, un hombre de edad, se encamina hacia Jean y se para a su lado.

BOB LE TAPIA

Lo he oído hablar en la oscuridad al principio de la obra..., parecía tener dudas con mi apellido... Lo entiendo..., hace tanto que no nos vemos... Soy efectivamente Robert Le Tapia, el regidor, ya sabe.

JEAN

¿Bob?

BOB LE TAPIA

Sí, Bob. *(Pausa.)* No ha cambiado...

JEAN

Pues claro que he cambiado, Bob. Lo que pasa es que me ve como soy en su recuerdo. Teníamos más o menos la misma edad. ¿Así que se acuerda de la obra de Chéjov que dirigió Savelsberg?

BOB LE TAPIA

Desde luego. Su amiga interpretaba el papel de Nina... Hace un rato me preguntaba usted si la puerta de su camerino era la primera o la segunda del pasillo, a la derecha... Era la primera.

JEAN

Qué memoria...

BOB LE TAPIA

Supongo que querría ver el camerino.

Jean se queda callado.

Claro que sí..., se lo voy a enseñar.

La luz va volviendo poco a poco, una luz mucho menos clara que antes, una luz velada, como en un sueño. El camerino está vacío, sin el sofá, sin los asientos y sin la mesa de maquillaje, y parece llevar mucho tiempo desierto. Solo queda el espejo.

Van a hacer obras... Ya no será un camerino.

Jean echa una mirada en torno.

JEAN

Yo creía que en los teatros no cambiaba nada y se detenía el tiempo.

BOB LE TAPIA

Lo dejo... Si me necesita, llámeme...

Sale del antiguo camerino.
Jean se acerca despacio al borde del escenario. Pausa.

JEAN

Esa noche salimos los dos del teatro... Dominique ni se había quitado el maquillaje... Fuimos a reunirnos con Savelsberg y los demás al restaurante L'Épi d'or... Fuimos a pie por los bulevares... París nunca me había parecido tan hermoso ni tan cordial... Casi no había coches..., habríamos podido ir corriendo por el centro de la avenida de la Ópera... Los faroles brillaban con una luz suave, casi blanca... Ya no sabíamos en qué estación estábamos..., ¿el verano indio?, ¿la primavera del otoño? En el restaurante L'Épi d'or me senté a la izquierda de Savelsberg, y ella, a su derecha... Me preguntó por qué llevaba esa cartera sujeta a la muñeca con una manilla... Dominique le explicó que era mi manuscrito y que me daba miedo perderlo o que algún individuo malintencionado me lo rompiera... Él me dijo que era tonto y que a partir de aquella noche ya no tenía nada que temer, nada... Y fue la propia Dominique la que abrió la manilla...

Va a sentarse en el suelo, en el centro del antiguo camerino, y dice, como si Dominique estuviera a su lado:

Después de todo este tiempo, ¿me reconocerías? Muchas veces nos hacemos la ilusión de que seguimos siendo los mismos... Si supieras cuánto ha cambiado París... Siento como si ya no estuviera en el lugar que me corresponde, pero no me atrevo a decírselo a nadie... menos a ti... Día tras día, es una batalla contra la soledad..., y sin embargo, en algunos barrios, vuelve uno a encontrarse de repente consigo mismo tal como era...

Por ejemplo, muy entrada la noche, muy cerca del teatro..., en la esquina de la calle de Les Mathurins... Pasaba por allí la otra noche... Soplaba una leve brisa... No supe si seguir la calle hasta el teatro..., oía tu risa detrás de mí...